AF357556

# Fleurs de Genêts

# FRANÇOIS FABIÉ

# Fleurs de Genêts

PARIS

LIBRAIRIE A. LEMERRE

# FRANÇOIS FABIÉ

François Fabié est né de modestes paysans,
à Durenque (Aveyron), le 3 novembre 1846.
Il put seulement aller à l'école de son village, quand il n'avait pas à garder les
vaches ; et c'est à force d'énergie et de tra-
vail que ce fils de ses œuvres devint un
professeur distingué du lycée Charlemagne.

Son enfance, passée en pleine nature, à
dénicher les oiseaux, à courir sous les
grands hêtres et parmi les genêts et les
bruyères du Ségala, a fait de lui un poète
rustique, d'un accent un peu âpre, mais
très sincère et très pénétrant. Il a notam-
ment fixé son regard d'observateur et de
rêveur sur les animaux sauvages et domes-
tiques, et souvent il a peint leurs mœurs et
leurs caractères avec une franchise et une
vérité qui eussent réjoui le bon La Fontaine.

*Ce que Brizeux fut pour la Bretagne, ce qu'est André Theuriet pour la Lorraine, François Fabié le sera pour son cher pays, le Rouergue.*

*Il convient de prononcer le mot « chef-d'œuvre » en recommandant à tous les lecteurs les admirables strophes que le poète a dédiées à son père « qui ne sait pas lire ». Rarement le sentiment de la famille et l'amour du sol natal se sont exprimés avec tant d'émotion et de profondeur.*

*On doit à François Fabié, outre une pay-sannerie scénique jouée en 1879 au théâtre de Ballande, plusieurs recueils de vers :* la Poésie des Bêtes, *couronnée par l'Académie française,* le Clocher, la Bonne Terre, Voix Rustiques, Vers la Maison, Par les Vieux Chemins *et* Ronces et Lierres ; *plus un court poème,* Amende honorable à la Terre, *éloquente réponse au fameux roman d'Émile Zola sur les paysans,* Placet au Roi, *à l'Odéon,* Sous un Chêne, *au théâtre des Poètes, et, à la distribution des Prix du Concours général à la Sorbonne, un discours en vers qui fit alors beaucoup de bruit.*

# Dédicace à mon Père

C'est à toi que je veux offrir mes premiers vers,
Père ! J'en ai cueilli les strophes un peu rudes
La-haut, dans ton Rouergue aux âpres solitudes,
Parmi les bois touffus et les genêts amers.


Tu ne les liras point, je le sais, ô mon père !
Car tu ne sais pas lire, helas ! et toi qui fis
Tant d'efforts pour donner des maîtres a ton fils,
On ne te mit jamais à l'école primaire ;

Car, petit-fils d'un serf et fils d'un artisan,
Dès que ton pauvre bras fut tout juste assez ferme
Pour pousser sur ses gonds le portail d'une ferme,
Tu tombas dans les mains d'un âpre paysan,


Qui, t'ayant confié cent brebis et vingt chèvres,
Du matin jusqu'au soir et tous les jours de l'an,
T'envoya promener ce long troupeau bêlant
Par les ajoncs fleuris où sont tapis les lièvres;


Car ta plume, ce fut un grand fouet, dont ta main
Cinglait les boucs barbus et les chèvres espiègles
Qui tondaient lestement les orges et les seigles,
Ou les béliers jaloux se heurtant en chemin;


Et tes maîtres, un vieux pâtre apocalyptique,
Qui pour chasser les loups t'enseignait des secrets;
Ou bien le merle noir, vieux rêveur des forêts,
Qui célèbre encor Pan sur sa flûte rustique...

Tu chantais, tu sifflais pourtant, pauvre petit !
Tu prenais au lacet des perdreaux et des grives,
Et le soir, au souper, tes blanches incisives
Mordaient dans le pain noir d'un joyeux appétit.


C'est qu'une bonne fée, à travers les bruyères,
T'apportant en cadeau quelque rêve vermeil,
Venait te visiter souvent dans ton sommeil,
Et mettait du sourire au coin de tes paupières.


*
* *


A seize ans, tu montas au grade de garçon
De ferme, et conduisais un superbe attelage
De ces grands bœufs d'Aubrac dont le fauve pelage
A la couleur du chaume au temps de la moisson.

Alors, quoique ton front fût moins haut que leurs cornes,
Tu les accoutumas au joug, a l'aiguillon,
Et ton poignet nerveux poussa dans le sillon
Le vieil araire en bois par la plaine sans bornes...


Et pourtant tes regards cherchaient avec regret
Tes moutons, maintenant aux mains d'un autre pâtre,
Et tout la-bas, au bout de la lande bleuâtre,
— Sombre sur fond d'azur, — la paisible forêt.


Car le bois t'attirait déjà comme il m'enchante,
Non point pour y rêver au murmure du vent,
Ni pour entendre — ainsi que je le fais souvent —
La source qui sanglote et la grive qui chante,


Mais pour y travailler comme un dur pionnier,
Pour y couper des troncs, pour y tailler des planches,
Pour y faire voler sous ta hache les branches
Qui passent de l'azur au four du charbonnier.

*<br>
* * *

Aussi, lorsque, à vingt ans, sous la toise fatale
Tu passas sans heurter, quoique tremblant d'effroi,
Et qu'on t'eut dit : « Trop court pour un soldat du roi !
Un soldat doit offrir plus de prise à la balle !... »


Tu regagnas joyeux ton village et tes bois,
Et près du vieil étang dont ton aïeul peut-être
Avait battu les eaux pour endormir son maître
En forçant les crapauds à moderer leur voix,


Tu rebâtis à neuf une antique scierie,
Tu remis une roue au moulin féodal,
Et ta hache d'acier, champêtre Durandal,
Sur les troncs retentit encore avec furie.

Tu chantas, et l'amour accourut à ta voix :
Une fille des champs, aussi douce que sage,
Descendit au vallon, et, contre tout usage,
L'alouette des blés aima le pic des bois.


*  
*   *


Mais depuis ces beaux jours, hélas ! que de jours sombres,
Que de chagrins cuisants, que de labeurs romains !
Que de manches de hache usés entre tes mains !
Que de soupirs éteints par le bois dans ses ombres !


Que de nuits sans sommeil lorsque les grandes eaux
S'engouffraient au ravin, pendant les mois d'automne !
Elles nous endormaient à leur voix monotone,
Mais tu tremblais pour ton moulin et nos berceaux.

Que de chocs meurtriers, que d'horribles blessures,
Dans cette lutte avec la matière, ou souvent
Le bois se révoltait comme un être vivant,
Et rendait a ton corps morsures pour morsures !


Un vieux chêne noueux et dur comme le fer
Repoussait tout à coup, en grinçant, ta cognée,
Qui dans ton pied faisait une large saignee
Et mêlait aux copeaux des morceaux de ta chair.


La scie aux dents d'acier, la meule aux dents de pierre
Déchiraient tour a tour ton corps endolori,
Sans jamais a ta lèvre arracher un seul cri,
Sans jamais d'une larme amollir ta paupière.


Oui, vingt fois je t'ai vu, stoïque travailleur,
De quelque grand combat corps a corps contre un arbre
Revenir, le front pâle et froid comme le marbre,
Vaincu, saignant, mais fier et narguant la douleur !

Un jour même, — chacun pleurait près de ta couche,
Et nous, tes chers petits, t'appelions, anxieux, —
Tu nous fis tout a coup quelque conte joyeux,
Et le rire soudain revint sur chaque bouche...


Car tu naquis conteur, comme nos bons aïeux !
Et nul ne t'egalait pour la verve caustique,
Et l'entrain, et le sel, — non pas le sel attique, —
Mais le vieux sel gaulois, qui peut-être vaut mieux !


Aussi, lorsque Noël ramenait les veillées,
Si, tout en arrosant de vin bleu nos marrons,
Tu faisais un récit émaillé de jurons,
Les rires éclatants s'élevaient par volées.

C'est que, comme un ressort que nul choc n'a brisé,
La nature avait mis en toi sa gaîté franche,
Et tu te redressais toujours, comme la branche
Se redresse au soleil quand l'orage a passé.


L'âge même, sous qui le plus fort tremble et ploie,
A beau blanchir ta tête et te courber les reins,
Il ne peut t'arracher tout à fait tes refrains,
Et, s'il te prend la force, il te laisse la joie.


Et tu vois arriver, sans regrets et sans peur,
— Comme un bon ouvrier ayant fini sa tâche, —
La mort, qui de tes mains fera tomber la hache,
Et de son grand sommeil te paiera ton labeur.

* *
*

Eh bien ! avant le jour — lointain encor, j'espère —
Où, jetant ta cognée et te croisant les bras,
Les yeux clos a jamais, tu te reposeras
Sous l'herbe haute et drue où repose ton père,


J'ai voulu de mes vers réunir les meilleurs,
Ceux qui gardent l'odeur de tes bruyères roses,
De tes genêts dorés et de tes houx moroses,
Et t'offrir ce bouquet de rimes et de fleurs.


Puis, un soir, je viendrai peut-être, à la veillée,
Te lire ce recueil ; et, si mes vers sont bons,
Tu songeras, les yeux fixés sur les charbons,
A ta fière jeunesse en mon livre effeuillée.

Voici ton frais vallon, là, tes coteaux herbeux,
Là, ton ruisseau bavard peuplé de libellules,
Tes ruches où le miel déborde des cellules,
Tes prés où gravement ruminent les grands bœufs,


La basse-cour avec ses coqs aux rouges crêtes,
Et son doux chien de garde au soleil endormi ;
Puis, tout au loin, le bois profond. ton vieil ami,
Roupeyrac, dont toi seul sais les chansons secrètes ;


Roupeyrac, où les loups grommellent dans leurs forts,
Pendant que les oiseaux chantent dans les feuillages,
Et que les écureuils entassent leurs pillages.
De faînes et de glands au creux des arbres morts :


Roupeyrac, qui te vit à dix ans petit pâtre,
Et te voit aujourd'hui, vieux bûcheron cassé,
Regarder longuement, contre un d'eux adossé,
Les arbres que tu n'as pas eu le temps d'abattre ;

Puis, ton petit moulin, qui parmi les prés verts
Travaille en bavardant, et doucement marie
Sa voix au grincement strident de la scierie,
Et dont le chant m'apprit à cadencer les vers...


* *

Et si je vois alors cette larme captive
Que jamais la douleur n'a pu faire couler,
Au bord de tes cils gris apparaître, trembler,
Glisser entre tes doigts et s'y perdre furtive,


Je dirai que mes vers sont clairs, simples et francs,
Que ma muse au besoin sait être familière,
Puisque, pareil à la servante de Molière,
Toi qui n'étudias jamais, tu me comprends.

Je dirai que c'est là mon destin et ma tâche,
De chanter la forêt qui nous a tous nourris,
Et de me souvenir, chaque fois que j'écris,
Que ma plume rustique est fille de ta hache.

# Amende honorable

Un brutal écrivain t'outrage dans son livre
Et soutient que tes fils sont lâches et pervers,
Terre! — Moi qui t'adore et que ton souffle enivre,
Je viens te faire amende honorable en ces vers.


Car c'est toi la beauté, la pureté suprême,
Fille des flots et chaste épouse du soleil,
Mère du genre humain qui de tes flancs essaime
Et retourne en tes flancs chercher le grand sommeil.

Rien n'est bon comme toi, nourrice triomphante,
Qui depuis cent mille ans, sans te lasser un jour,
Mets aux lèvres de ceux que ton amour enfante
Plus de pains qu'ils n'ont mis de grains dans ton labour.


Rien n'est fort comme toi, fière et robuste aïeule
Qui n'as pas une ride au sein ni sur le front,
Et qui — quand tout vieillit, se flétrit et meurt — seule
Vois les siècles passer sans en subir l'affront !


***


Et tes fils ont le corps viril et l'âme saine ;
Qui les peint dépravés ne les fréquenta point :
La vie au grand soleil ne fait pas l'homme obscène,
Et l'on n'est jamais vil, une charrue au poing.

Non, il n'a pas vécu chez ceux qu'il injurie,
L'auteur du livre infâme où tous nos paysans
Sont des brutes creusant le sol avec furie
Comme pour y cacher leurs instincts malfaisants.


Non, il n'a pas compris leurs épouses fidèles,
Plus vaillantes encor souvent que leurs maris,
Et, comme la Romaine, étalant autour d'elles
Leur luxe de beaux gars qu'elles ont tous nourris.


Non, il n'a pas connu nos franches jeunes filles
Que l'air rude des champs fait hautes en couleur,
Qui vont riant, pieds nus et montrant leurs chevilles,
— Aussi chastes pourtant que la bruyère en fleur.


Et leurs frères, conscrits naïfs, encore imberbes,
Qui pleurent quelquefois en quittant le sillon,
Mais qui, six mois après, sont des soldats superbes
Tenant droit le fusil comme hier l'aiguillon,

Où les a-t-il donc vus, le corps mou, le cœur lâche,
Allant aux urnes comme au boucher leurs troupeaux,
Puis se faisant sauter les doigts d'un coup de hache
Lorsque l'heure a sonné de joindre les drapeaux ?


Eh quoi ! les rejetons des anciens volontaires
Et des troupiers d'Afrique à l'élan surhumain
N'ont plus rien des vertus chez nous hereditaires,
Et voila quels seraient nos vengeurs de demain ?


Non, non, c'est blasphémer l'armée et la patrie
Que de sacrifier les cadets aux aînés,
De dire que la veine heroïque est tarie,
Et que plus rien ne pousse en nos champs moissonnés...


Ah ! ne touche donc pas à ce valet de ferme,
A ce fils de berger sur la lande grandi :
Sous leur front dur et clair habite un esprit ferme,
Et sous leur blouse bat un cœur chaud et hardi.

Cynique romancier, laisse-les sous leurs chênes,
Ne trouble pas leur air des senteurs de Paris,
Et puissent-ils, au jour des batailles prochaines,
N'avoir pas lu le livre où tu les as flétris !...

* *
* *

Et toi qui du plus pur de ton sang les abreuves,
Terre, veille sur eux avec un soin jaloux,
Conserve-les fervents pour le temps des épreuves,
Toi qui gardes leurs sœurs vierges à leurs époux.

Fais qu'ils t'aiment ; étale à leurs yeux tes parures,
Tes manteaux verts ou bruns, tes fleurs et tes épis,
Tes ors fauves d'automne et les blanches fourrures
Dont tu couvres, l'hiver, tes beaux flancs assoupis.

Chante-leur les chansons de tes forêts mouvantes,
De tes fleuves roulant de l'ombre ou du soleil,
La complainte des mers par les nuits d'épouvantes,
Ou des grands prés joyeux à l'heure du réveil.


Pour eux plus que jamais montre-toi maternelle,
Prodigue-leur tes biens a travers les saisons ;
Et — comme la perdrix abrite sous son aile
Ses poussins — dans tes bois cache tes nourrissons.


Rends leurs corps beaux et fiers comme les troncs des
Comme tout ce qui naît et croît en liberté ;    [hêtres,
Ressuscite pour eux l'âme de leurs ancêtres,
Toute faite d'élan, de force et de clarté ;


Et tu nous sauveras des abîmes où tombe
Tout peuple qui t'oublie ou rit de tes leçons,
Car tu ne voudras point n'être plus qu'une tombe,
O mère des soldats et mère des moissons !

# Le Clocher de Rodez

Quand le désir nous prend, artistes ou poètes,
Ouvriers ou penseurs, gens de rien ou de peu,
De déserter Paris qui nous met l'âme en feu,
Pour aller ecouter aux champs les alouettes,


N'est-il pas vrai qu'avant d'apercevoir le seuil
Que la mort, nous absents, a visité peut-être,
Mais ou quelqu'un encor saura nous reconnaître,
Où, tout au moins, un chien viendra nous faire accueil ;

N'est-il pas vrai qu'avant d'avoir vu d'une lieue,
A l'endroit que le cœur sait toujours retrouver,
Du toit encor caché doucement s'élever
La fumée en spirale ou blonde, ou blanche, ou bleue,


Nous avons tressailli, parce qu'à l'horizon,
Couronnant le coteau qui masque le village,
Un vieil arbre isolé, tordu, noir, sans feuillage,
Se dresse, et semble nous montrer notre maison?


— Chêne, hêtre ou buisson, — quelque arrière-grand-
Sur ce sommet désert le planta de ses mains, [père
Afin qu'aux malheureux perdus par les chemins
Il servit de signal et de point de repère.


La foudre l'a fendu, le givre l'a gercé,
L'orage mille fois l'a battu de son aile;
Mais il reste debout, tenace sentinelle,
Fier du poste d'honneur où l'aïeul l'a placé.

Sa fonction à lui, c'est d'être haut et ferme,
De rendre le courage au voyageur trop las,
D'attirer sur son front le tonnerre en éclats,
Et contre son courroux de protéger la ferme...

*
* *

Or, ce que l'arbre aimé qu'on salue au retour
Est pour tous les enfants d'un petit coin de terre,
Toi qui portes plus haut ta tête solitaire,
Tu l'es pour le Rouergue entier, superbe tour,

O clocher de Rodez, qu'on voit de trente lieues !
Toi qui, par le ciseau de nos aïeux sculpté,
Au-dessus du sommet où leur foi t'a planté,
Jaillis à trois cents pieds dans les régions bleues !

Comme l'arbre des monts, tu vibres dans le vent ;
Et lorsque la tempête en rugissant t'assaille,
On sent une âme en toi qui s'agite et tressaille,
Et l'arbre de granit comme l'autre est vivant.


Et puis, à certains jours, un orchestre superbe
S'éveille dans ton sein, puissant, terrible et doux,
Qui rappelle le bruit de la foudre en courroux,
Ou le bourdonnement d'une ruche dans l'herbe :


Glas lugubres coupés ainsi que des sanglots,
*Alleluia* joyeux comme l'aube nouvelle,
Mélopée apaisée et presque maternelle,
*Te Deum* éclatant avec un bruit de flots ;


Frais carillons d'avril purs comme un chant de grive,
Carillons solennels des jours de messidor,
Carillons attristés quand le soleil s'endort,
Carillons grelottants lorsque Noël arrive ;

Qui de nous ne se les rappelle, et, tout troublé,
Quand les clochers d'ici bourdonnent, ne s'arrète,
Et ne songe au clocher natal, dont il regrette
Les airs chantant toujours dans son cœur d'exilé?


Et comme nous laissons alors, à tire d'ailes,
Loin du Paris banal où nous parque le sort,
Nos âmes s'envoler dans un joyeux essor
Vers le clocher où vont aussi les hirondelles!


Comme, lorsque au retour il surgit à nos yeux
Couronné de rayons ou coiffé d'un nuage,
Ainsi que des marins après un long voyage,
Nous le saluons tous de nos regards pieux!


« Viens, nous dit-il de loin, comme nous faisant signe.
Je vois fumer d'ici le toit de ta maison,
Et ta mère et tes sœurs les yeux sur l'horizon,
Et ton père courbé dans son champ ou sa vigne.

« Que tu sois fils du Causse aux grands blés onduleux,
Ou du frais Ségala que les genêts fleurissent,
Que tu sois du Vallon où les grappes mûrissent,
De la Montagne verte où mugissent les bœufs,


« Salut ! Du vieux Rouergue où ton cœur te ramène,
Je suis aussi le cœur, le symbole et la foi :
L'âme de tes aïeux habite encore en moi,
Ma pierre sous leurs doigts est devenue humaine.


« Fou ! dis-je à qui part jeune et va chercher ailleurs
Gloire, pouvoir, fortune, ou toute autre chimère ;
Fou, de n'être pas là lorsque mourra ta mère,
Pour couvrir son cercueil de larmes et de fleurs !


« Soyez les bienvenus, dis-je à ceux qui reviennent,
Le cœur las et meurtri, s'asseoir au vieux foyer :
Il est encor bien bon de se laisser choyer
Par les petits-neveux qui de vous se souviennent.

« Si vous avez semé votre âge le plus beau
Sur les mille chemins où l'orgueil vous entraîne,
Le pays vous fera la vieillesse sereine,
Et l'ombre du clocher est si douce au tombeau ! »

# Ma Maison

*

Face au midi, bien adossée
A l'ancien étang féodal
Dont elle épaule la chaussée,
Elle fut le moulin banal


Où deux ou trois pauvres villages
Et quelques petits mas perdus,
Avec leurs maigres attelages
Plusieurs siècles sont descendus

Moudre, au tic tac vieillot et grêle
D'un mécanisme trébuchant,
Tout ce que la dîme ou la grêle
Laissaient de seigle sur leur champ...


Mais lorsque le soc populaire
Démantela le vieux château,
Et que, sous un flot de colère,
Son granit roula du coteau,


Mon aïeul, — un Jacques Bonhomme
Très longtemps meunier chez autrui, —
Ayant été très économe,
Put devenir meunier chez lui.


Il acheta l'humble ruine,
Prit la truelle du maçon,
Et fit un moulin à farine
De l'antique moulin de son,

Exhaussa le tout d'un étage
Large, aéré, plein de soleil,
D'où l'on entend le caquetage
De la trémie à son réveil ;


Puis crànement, sur la toiture,
Comme un noble arbore un blason,
D'une meule en miniature
Il girouetta sa maison.


Il planta — car celui qui plante
A foi vraiment en l'avenir —
Des arbres à croissance lente
Qui font durer le souvenir,


Et qui, maintenant séculaires,
Sur le vieux toit courbés du vent,
Parlent à voix hautes et claires
De l'ancêtre en eux survivant...

Il prit femme; et ma bonne aïeule
Se mi' a l'œuvre sans façons,
Berçant au refrain de sa meule
Trois filles et quatre garçons

Qui remplirent de cris, de joies,
De luttes et de jeux sans fin
La maison, le pâtis aux oies
Et tous les halliers du ravin,

Puis si vaillamment essaimèrent
Et si gaîment, quoique pieds nus,
Que des vieillards qui les aimèrent
Sont fiers de les avoir connus...

C'est là ma maison paternelle,
C'est là le nid qui m'a bercé :
Que ne puis-je y ployer mon aile
Et n'y vivre que du passe ?

# La Chatte noire

Dans le moulin de Roupeyrac,
Se tient assise sur son sac
Une chatte couleur d'ébène;
Il est bien certain qu'elle dort :
Ses yeux ne sont que deux fils d'or,
Et ses griffes sont dans leur gaine.


Pourtant ne vous y fiez pas,
Et trottinez un peu plus bas,
Rats qui courez par les trémies,
Si vous ne voulez tout a coup
Sentir entrer dans votre cou
Toutes ces griffes endormies.

Gardez-vous de donner l'assaut
Au grain qui dort dans le boisseau !
Car, si la Noire se réveille,
Demain, en sacrant, le meunier
Trouvera rouge, au farinier,
Sa farine blanche la veille.


Soyez discrets, soyez prudents !
N'allez pas aiguiser vos dents
Sur le sac où dort l'assassine :
Car elle bondirait soudain,
Et vous lui crieriez bien en vain :
« Cousine ! cousine ! oh ! cousine !... »

***

Près du moulin, dans le verger,
Au soleil on voit s'allonger
Une chatte couleur d'ebène ;
Il est bien certain qu'elle dort :
Ses yeux ne sont que deux fils d'or,
Et ses griffes sont dans leur gaîne.


Pourtant ne vous y fiez pas,
Et voletez un peu moins bas,
Moineaux, pillards de chènevière !
En s'éveillant, elle pourrait,
Pour se dégourdir le jarret,
Vous faire mordre la poussière.

Chardonnerets au beau pourpoint,
Dans ce verger ne nichez point :
O roitelet, ô rouge-gorge,
Pinson, hôte du vieux poirier,
Écoutez donc !... j'entends crier
Des oisillons que l'on égorge...


C'est bien la chatte noire, hélas !
Elle rôdait par les lilas,
Ainsi qu'un tigre dans les jungles ;
Et, flairant quelque fin souper,
Jusqu'au nid elle a dû grimper.
Gare à ses dents ! gare à ses ongles !

*
* *

Sous le moulin, dans le ruisseau,
Se tient assise au bord de l'eau
Une chatte couleur d'ébène;
Il est bien certain qu'elle dort :
Ses yeux ne sont que deux fils d'or,
Et ses griffes sont dans leur gaine.


Pourtant ne vous y fiez pas,
Et gardez-vous, dans vos ébats,
De trop approcher de la rive,
Goujons dorés et bleus barbeaux,
Si vous ne voulez dans le dos
Sentir une griffe furtive !

Certe, elle n'aime pas le bain,
La chatte noire ! mais enfin,
Pour y harponner une truite,
Elle se risque quelquefois
A se mouiller un peu les doigts,
Comme le diable en l'eau bénite.


Et puis, son nez rose paraît
Plus rose encore, et l'on dirait
Une bouche de jeune fille,
Lorsque d'un beau poisson tremblant
Qu'elle dévore en grommelant,
La queue à sa lèvre frétille.

* *
*

A Roupeyrac, dans le bois noir,
On voit souvent surgir, le soir,
Une chatte couleur d'ébène ;
Elle passe, ouvrant ses yeux d'or,
Aussi discrète que la mort,
Aussi farouche, aussi soudaine.


En face du chasseur transi,
Elle vient à l'affût aussi.
Dans l'herbe où sa robe se mouille,
Elle fait face au braconnier,
Et bien souvent c'est ce dernier
Qui de la forêt sort bredouille.

Ainsi, garde à vous, lapereaux
A peine aussi rusés que gros !
La chatte noire a sur la paille
Des nourrissons, vrais chenapans,
Qui pourraient bien à vos depens
Demain matin faire ripaille ;


Puis, pour leurs jeux extravagants,
Dans votre peau tailler des gants,
Ou traîner leur immense proie
Tout un jour par le corridor :
Tel Achille traînant Hector
Autour des murailles de Troie !

*<br>* *

Il est minuit, la ferme dort.
Seule, ouvrant ses deux grands yeux d'or,
Près du foyer la chatte veille,
Et songe, en passant proprement
Sa patte alternativement
Derrière l'une et l'autre oreille.


Parfois elle s'arrête un peu
Pour regarder du chêne en feu
Jaillir des groupes d'étincelles,
Ou pour écouter la chanson
Du gaz qui filtre du tison,
Et qu'elle prend pour un bruit d'ailes.

D'ailleurs, Milord, le chien d'arrêt,
Qui rêve aussi de la forêt,
Glapit à l'autre coin de l'âtre ;
Et la chatte, l'air anxieux,
Ne ferme qu'à moitié les yeux,
Et se tient prête à le combattre.

Mais voilà que ses nourrissons
Accourent... Des doigts polissons
Peignent sa queue électrisée.
Elle avertit les imprudents,
Puis gronde, puis montre les dents,
Puis rugit, en mère offensée ;

Enfin, après un vif juron,
Elle leur distribue en rond
Quatre ou cinq gifles maternelles,
Et, le silence étant complet,
Leur tend ses flancs chargés de lait,
En refermant ses deux prunelles.

# Ma Libellule

En te voyant toute mignonne,
Blanche dans ta robe d'azur,
Je pensais à quelque madone
Drapée en un pan de ciel pur ;


Je songeais à ces belles saintes
Que l'on voyait, au temps jadis,
Sourire sur les vitres peintes,
Montrant du doigt le paradis ;

6.

Et j'aurais voulu, loin du monde
Qui passait frivole entre nous,
Dans quelque retraite profonde,
T'adorer seul à deux genoux...

*
* *

Soudain, un caprice bizarre
Change la scène et le décor,
Et mon esprit au loin s'égare
Sur de grands prés d'azur et d'or,

Où, près de ruisseaux minuscules,
Gazouillants comme des oiseaux,
Se poursuivent les libellules,
Ces fleurs vivantes des roseaux.

— Enfant, n'es-tu pas l'une d'elles
Qui me suit pour me consoler?
Vainement tu caches tes ailes :
Tu marches, mais tu sais voler.


Petite fée au bleu corsage,
Que je connus dès mon berceau,
En revoyant ton doux visage,
Je pense aux joncs de mon ruisseau !


Veux-tu qu'en amoureux fidèles
Nous retournions dans ces prés verts?
Libellule, reprends tes ailes,
Moi, je brûlerai tous mes vers;


Et nous irons, sous la lumière
D'un ciel plus frais et plus léger,
Chacun dans sa forme première,
Moi courir, et toi voltiger.

# Berger d'Abeilles

Le doux titre et l'emploi charmant :
Être, en juin, un berger d'abeilles,
Lorsque les prés sont des corbeilles
Et les champs des mers de froment ;


Quand les faucheurs sur les enclumes
Martèlent la faux au son clair,
Et que les oisillons dans l'air
Font bouffer leurs premières plumes !

Berger d'abeilles, je le fus,
A huit ans, là-bas, chez mon père,
Lorsque son vieux rucher prospère
Chantait sous ses poiriers touffus.


Quel bonheur de manquer l'école
Que l'été transforme en prison,
De se rouler dans le gazon,
Ou de suivre l'essaim qui vole,


En lui disant sur un ton doux
Pour qu'il s'arrête aux branches basses :
« Posez-vous, car vous êtes lasses ;
Belles abeilles, posez-vous !


« Nous avons des ruches nouvelles
Faites d'un bois qui vous plaira ;
La sauge les parfumera :
Posez-vous, abeilles, mes belles ! »

Et les abeilles se posaient
En une énorme grappe grise
Que berçait mollement la brise
Dans les rameaux qui bruissaient.


« Père ! criais-je, père ! arrive !
Un essaim ! » Et l'on préparait
La ruche neuve où sans regret
La tribu demeurait captive.


Puis, sur le soir, lorsque, à pas lents,
Du fond des pâtures lointaines
Les troupeaux revenaient bêlants
Vers l'étable et vers les fontaines,


Je retrouvais mon père au seuil
Comptant ses bêtes caressantes,
Et lui disais avec orgueil :
« Toutes les miennes sont présentes ! »

Le doux titre et l'emploi charmant :
Être, en juin, un berger d'abeilles,
Lorsque les prés sont des corbeilles
Et les champs des mers de froment !

# Les Genêts

Les genêts, doucement balancés par la brise,
Sur les vastes plateaux font une houle d'or ;
Et tandis que le pâtre à leur ombre s'endort,
Son troupeau va broutant cette fleur qui le grise :


Cette fleur qui le fait rêver d'amour, le soir,
Quand il roule du haut des monts vers les étables,
Et qu'il croise en chemin les grands bœufs vénérables
Dont les doux beuglements appellent l'abreuvoir ;

Cette fleur toute d'or, de lumière et de soie,
En papillons posée au bout des brins menus,
Et dont les lourds parfums semblent être venus
De la plage lointaine où le soleil se noie...


Certes, j'aime les prés où chantent les grillons,
Et la vigne pendue aux flancs de la colline,
Et les champs de bleuets sur qui le blé s'incline,
Comme sur des yeux bleus tombent des cheveux blonds.


Mais je préfère aux prés fleuris, aux grasses plaines,
Aux coteaux où la vigne étend ses pampres verts,
Les sauvages sommets de genêts recouverts,
Qui font au vent d'été de si fauves haleines.

*
* *

Vous en souvenez-vous, genêts de mon pays,
Des petits écoliers aux cheveux en broussailles
Qui s'enfonçaient sous vos rameaux comme des cailles,
Troublant dans leur sommeil les lapins ébahis ?


Comme l'herbe était fraîche à l'abri de vos tiges !
Comme on s'y trouvait bien, sur le dos allongé,
Dans le thym qui faisait, aux sauges mélangé,
Un parfum enivrant à donner des vertiges !


Et quelle émotion lorsqu'un léger froufrou
Annonçait la fauvette apportant la pâture,
Et qu'en bien l'épiant on trouvait d'aventure
Son nid plein d'oiseaux nus et qui tendaient le cou !

Quel bonheur, quand le givre avait garni de perles
Vos fins rameaux émus qui sifflaient dans le vent,
— Précoces braconniers, — de revenir souvent
Tendre en vos corridors des lacets pour les merles.


*
*   *


Mais il fallut quitter les genêts et les monts,
S'en aller au collège étudier des livres,
Et sentir, loin de l'air natal qui vous rend ivres,
S'engourdir ses jarrets et siffler ses poumons ;


Passer de longs hivers dans des salles bien closes,
A regarder la neige à travers les carreaux,
Éternuant dans des auteurs petits et gros,
Et soupirant après les oiseaux et les roses ;

Et, l'été, se haussant sur son banc d'écolier,
Comme un forçat qui, tout en ramant, tend sa chaîne,
Pour sentir si le vent de la lande prochaine
Ne vous apporte pas le parfum familier...

* *
*

Enfin, la grille s'ouvre ! on retourne au village ;
Ainsi que les genêts notre âme est tout en fleurs,
Et dans les houx remplis de vieux merles siffleurs,
On sent un air plus pur qui vous souffle au visage.

On retrouve l'enfant blonde avec qui cent fois
On a jadis couru la forêt et la lande ;
Elle n'a point changé, — sinon qu'elle est plus grande,
Que ses yeux sont plus doux et plus douce sa voix.

« Revenons aux genêts ! — Je le veux bien ? » dit-elle.
Et l'on va côte à côte, en causant, tout troublés
Par le souffle inconnu qui passe sur les blés,
Par le chant d'une source ou par le bruit d'une aile.


Les genêts ont grandi, mais pourtant moins que nous ;
Il faut nous bien baisser pour passer sous leurs branches,
Encore accroche-t-elle un peu ses coiffes blanches ;
Quant à moi, je me mets simplement à genoux.


Et nous parlons des temps lointains, des courses folles,
Des nids ravis ensemble, et de ces riens charmants
Qui paraissent toujours si beaux aux cœurs aimants
Parce que les regards soulignent les paroles.


Puis le silence ; puis la rougeur des aveux,
Et le sein qui palpite, et la main qui tressaille,
Au loin un tendre appel de ramier ou de caille...
Comme le serpolet sent bon dans les cheveux !

Et les fleurs des genêts nous font un diadème ;
Et, par l'écartement des branches. haut dans l'air,
Paraît comme un point noir l'alouette au chant clair
Qui, de l'azur, bénit le coin d'ombre où l'on aime !...


Ah ! de ces jours lointains, si lointains et si doux,
De ces jours dont un seul vaut une vie entière,
— Et de la blonde enfant qui dort au cimetière, —
Genêts de mon pays, vous en souvenez-vous ?

# Jean le Pâtre

Jean le Pâtre, de Ginestous,
Dans le canton connu de tous,
Vient de mourir sans agonie ;
Il avait quatre-vingt-sept ans,
Tous ses cheveux, toutes ses dents,
Et, dans son genre, du génie.

Son goût, qui jamais ne changea,
A six ans lui faisait déjà
Suivre le berger de la ferme,
Qui — comme un roi son héritier —
L'initiait au dur métier,
En lui disant : « Sois bon et ferme !

« Chaque matin, en te levant,
Consulte le ciel et le vent,
Puis choisis bois, lande ou prairie,
Et sache que l'erreur d'un jour
Peut compromettre sans retour
Ton renom et ta bergerie.


« Aide-toi d'un chien fort et doux,
Capable d'imposer aux loups
Et de les tenir en haleine,
Mais incapable d'arracher
A la brebis qu'il court chercher
Même un léger flocon de laine. »


Et puis des conseils répétés
Pour les hivers, pour les étés,
Pour l'achat, la vente, la tonte,
Des remèdes pour tous les maux,
Des proverbes en quatre mots,
Le tout orné de plus d'un conte...

* *

Vers sept ans, le vieux magister
A ce gars ivre de grand air
Voulut en vain montrer ses lettres :
L'esprit de Jean était rétif
Et s'envolait inattentif
A tout instant par les fenêtres.


« Bête il est et bête il sera, »
Dit-on au père, qui sacra,
Dans le premier vent de colère :
« Mais, malheureux, il faut manger !
Que veux-tu donc être? — Berger !
— Sois berger, si ça peut te plaire!... »

Berger! il le fut dès ce jour,
Avec bonheur, avec amour,
Berger sans relâche et sans trêve,
Berger de vaches et de veaux,
De chèvres par monts et par vaux,
Puis berger de moutons, — son rêve !


Large chapeau, long sarrau gris,
Des sabots a ses pieds meurtris,
Le fouet comme un sceptre en sa droite,
Sa miche ronde sous le bras
Et son grand chien jaune à poil ras
Suffisaient à son ame étroite.


Ses frères s'instruisaient un peu.
Le cadet allait au chef-lieu,
Entrait même au grand séminaire ;
L'aîné, Pierre, se maria ;
L'un laboura, l'autre pria :
Jean fut berger à l'ordinaire.

Par la pluie et par le soleil,
Que le mont fût sombre ou vermeil
Et la plaine fleurie ou morne,
Il fut berger, toujours berger,
Sans même un désir de changer,
Immuable comme la borne.

*
* *

Le jour qu'il eut atteint vingt ans,
Il se troubla quelques instants
En avançant sa main vers l'urne ;
Mais il s'était bien confessé,
Et par le sort il fut laissé
A sa montagne taciturne.

Un flot de rubans au chapeau,
Il retourna vers son troupeau
Qui vers lui bêlait de tendresse ;
Et quinze jours l'écho des bois
Répercuta sa rude voix
Clamant des hymnes d'allégresse ;


Non point des chansons de conscrits,
Mais des psaumes latins, appris
Lambeaux par lambeaux à l'église,
Et qui, sur nos sommets déserts,
Faisaient de sauvages concerts
Mêlés aux plaintes de la bise.


Et depuis lors, nul incident
Dans cette vie. En dévidant
Le fuseau des jours monotones,
Il vécut sur les monts fleuris,
Les durs ajoncs, les chaumes gris,
Étés, hivers, printemps, automnes.

* *

Connut-il l'amour, ce terrien?
Personne n'en sut jamais rien.
On dit que sous sa limousine,
Quand l'autan élevait la voix,
Venait s'abriter quelquefois
Une pastourelle voisine.


Mais, comme, bien que tendre et doux,
Il ne leur parlait que de loups,
De chiens, de brebis et de chèvres,
Qu'il était gauche et primitif,
Et jamais d'un baiser furtif
N'effleurait leurs yeux ni leurs lèvres,

Elles l'avaient toutes laissé,
— Le cœur peut-être au fond blessé,
Mais sans en rien faire paraître,
Se guérissant a sa façon
D'un rosaire ou d'une chanson,
Et ne contant son mal qu'au prêtre.


*
* *


Ah! ce prêtre, du ciel tombé,
Ce frère cadet, « notre abbé »,
Comme en nos fermes on le nomme,
Ce conseiller, ce protecteur,
Ce suprème consolateur,
Moins que Dieu, mais bien plus qu'un homme !

De quelle ferveur l'entourait
Jean le Pâtre ! Et comme il pleurait
D'amour quand, selon sa promesse,
S'en vint le nouveau tonsuré,
A la place du vieux curé,
Dans la paroisse chanter messe !


Quelle fête de le revoir,
Une fois l'an, surgir tout noir
Sur les monts de bruyères roses,
Bénir moutons, ruches et bœufs,
Embrasser ses petits neveux
Et sourire aux aïeuls moroses,


Puis repartir, disant à Jean :
« Il faut que je sois diligent ;
Quand tu dors trop, ton troupeau bêle :
Frère, je suis berger aussi
D'un troupeau qui paît loin d'ici,
Qui craint les loups et me rappelle... »

Et l'abbé fouettait sa jument ;
Et Jean melancoliquement
S'en retournait parmi ses ouailles,
Qui l'accueillaient avec des bonds,
Des bèlements joyeux et bons
Et des carillons de sonnailles.

Et les ans s'en allaient pourtant,
Comme l'eau qui coule en chantant
Des hauts plateaux vers la rivière.
Les vieux mouraient, les petits-fils
Grandissaient, par d'autres suivis,
Brins de chanvre en la chènevière.

Lors, voyant blanchir ses cheveux,
Jean ne songeait qu'à ses neveux,
Les emmenait dans les bruyères,
Leur fabriquait mille joujoux,
Cages d'osier, bâtons de houx,
Et chars à charrier des pierres,


Cherchant auquel d'entre eux céder
L'insigne honneur de commander
Après sa mort moutons et chèvres ;
A qui transmettre ses leçons,
Sa panetière et ses chansons,
Et la trompe où soufflaient ses lèvres ;


A qui donner aussi le bas
Qu'il cachait avec soin là-bas,
Dans un mur de sa bergerie,
Le bas de laine où tous les ans
Tombaient quelques écus luisants
A la joyeuse sonnerie ;

A qui donner son chien Labri,
Et sa canardière, et l'abri
Qu'il s'etait creusé sous la table
D'un vieux dolmen casematé,
Bien chaud l'hiver, bien frais l'été,
Malgré son aspect redoutable.

*<br>* *

Or quand il eut fait choix enfin
— Lui, roi des bergers — d'un dauphin,
Sans lui céder le sceptre encore,
Il se sentit plus rassuré
Et, d'un gros souci délivré,
Chanta d'une voix plus sonore.

Et puis ce fut un beau vieillard,
Le premier de tous dans son art,
Et qu'on venait de quatre lieues,
Quand dépérissait un troupeau,
Consulter, la main au chapeau,
Au milieu de ses landes bleues ;


Un vrai mage de l'ancien temps,
Lisant dans les cieux éclatants
Les jours sereins et les tempêtes,
Et trouvant contre les douleurs
Des remèdes parmi les fleurs
Que broutaient en passant ses bêtes.


Religieux à sa façon,
— Par le cœur, non par la raison, —
Se figurant une autre vie
Où par des pâturages verts
Que ne flétriraient nuls hivers
Il errerait l'âme ravie,

Suivi de longs troupeaux bêlants
Qu'il promènerait à pas lents,
Sans craindre ni loup ni vipère,
Et ramènerait au bercail,
En passant sous un beau portail
Où les compterait Dieu le Père.

*<br>* *

Et, comme un soir il s'absorbait
Dans ce rêve, à l'heure où tombait
Une nuit d'août aux légers voiles,
Son regard soudain se troubla,
Et sa belle âme s'envola
Sans un effort vers les étoiles.

On le trouva le lendemain,
Son chien aux pieds, sa trompe en main,
Rigide et froid comme la pierre ;
Son troupeau bêlait alentour,
L'alouette chantait le jour,
Mais Jean n'ouvrait plus sa paupière...


Jean le Pâtre, de Ginestous,
Dans le canton pleuré de tous,
Fut couché dans le cimetière,
Mais son esprit habite encor
La lande aux fleurs de pourpre et d'or
Où s'écoula sa vie entière.

# Le Sabotier

C'est moi qui suis le sabotier ;
Et le village tout entier
— Homme, femme, enfant — pêle-mêle
Chez moi vient doubler sa semelle
De bois de hêtre ou de noyer ;
C'est moi qui suis le sabotier.


Je sais qu'il est des gens futiles,
Et que les riches, dans les villes,
Portent des chaussures de peau.
Ça n'est pas sain, ça n'est pas beau ;
Et ça vous fait les pieds débiles.
Mais il est des gens si futiles !

Soit. J'ai pour moi les paysans,
Gens qui marchent à pas pesants,
Mais qui sont solides d'allure,
Aimant ce qui résiste et dure
Au moins pendant deux ou trois ans.
Oui, j'ai pour moi les paysans.


Dès que son marmot marche à terre,
Je vois chez moi venir la mère :
« Il me faut des petits sabots ;
Je les veux fins, ornés et beaux...
Autant que pour le fils du Maire !
Car déja mon gars marche à terre. »


Et c'est mignon, quand, tout le jour,
Les petits sabots faits au tour
Battent le plancher qui résonne ;
Le garde champêtre en personne
Sait moins bien jouer du tambour ;
Le joli refrain tout le jour !

Puis à l'école il faut le mettre,
Il a sept ans. — Oui, mais le maître
Ne le recevrait point pieds nus ;
Les parents chez moi revenus
Commandent des sabots de hêtre :
C'est qu'a l'école il faut le mettre.


Ah ! nos fins sabots d'écolier !
Les ferait-on en peuplier,
Qu'ils ne rendraient pas plus ingambes :
Le cœur à cet âge est aux jambes,
Et l'idéal dans le hallier ;
Ah ! nos fins sabots d'écolier !

*
* *

A quinze ans, le garçon se loue;
Mais, contre la neige et la boue,
Il faut, derrière les troupeaux,
Quelques paires de bons sabots;
Oui, fermier, ne fais pas la moue,
Il faut que mon garçon se loue...


Vingt ans! Conscrit, sous les drapeaux!
Laisse là charrue et troupeaux,
Change de costume et d'empeigne;
Les godillots où ton pied saigne
Ne valent pas tes vieux sabots,
Mais il faut suivre les drapeaux.

Je sais bien qu'en Quatre-Vingt-Douze,
En sabots et portant la blouse,
Tes aïeux, un jour, sur le Rhin,
Aux accents d'un mâle refrain,
Battirent l'Europe jalouse :
Mais c'était en Quatre-Vingt-Douze !...

* *
*

Vainqueur du Russe et de l'Anglais,
Il échappe à tous les boulets,
Et retourne enfin à la ferme
Chanter haut et travailler ferme :
Voici tes sabots, reprends-les,
Vainqueur du Russe et de l'Anglais !...

Et maintenant, fils, à l'ouvrage !
Bon pied, bon bras et bon courage !
Mets tes sabots, car nos vallons
Veulent de forts coups de talons ;
La terre chérit qui l'outrage.
Et maintenant, fils, à l'ouvrage !


Laboure, bêche, mets ton grain
Et tes sueurs dans le terrain :
C'est à ce prix que l'on moissonne ;
Et, dans le vieux chemin qui sonne,
Que tes sabots aillent leur train.
Sème tes sueurs et ton grain.


Ris, pleure, chante, souffre, espère !
Sois à ton tour père et grand-père
De nombreux gars vaillants et beaux ;
Que le tas des petits sabots
S'augmente chaque an d'une paire ;
Ris, pleure, chante, souffre, espère !

* *
*

Mais quoi! te voilà dans un coin,
Aïeul dont on a peu de soin?
Viens, je te ferai des chaussures
Où, du froid narguant les morsures,
Tu pourras mettre paille ou foin.
Viens, quand tu seras dans le coin.


Tu les chaufferas à la braise,
Tes orteils y seront à l'aise
Pour bercer quelque nourrisson
Au bruit d'une vieille chanson
Qui le rendorme ou qui l'apaise...
Tu les chaufferas à la braise...

Et, quand les temps seront venus
D'aller vers des bords inconnus
Faire un voyage redoutable,
Quitte tes sabots sous la table,
Parmi les sabots plus menus,
Et pars comme tu vins, pieds nus.

# Saisie-Brandon

Le soleil de juillet à la flamme aveuglante
Enveloppe les blés dorés pleins de frissons,
La prairie aux flots bleus, la forêt somnolente
Et la bruyère où les criquets font leurs chansons.


On entend le bruit clair des faux que l'on aiguise,
Là-bas, près des ruisseaux, au pied des trembles blancs ;
Mais dans la chambre nue où le jour agonise
Le fermier sent la mort qui s'approche à pas lents.

Nul ne connaît le mal sous lequel il succombe,
Et l'art des médecins ne l'en saurait guérir ;
Muet, sans un soupir il descend vers la tombe,
Et l'on dirait qu'il est bien aise de mourir.


C'est que sa bonne ferme aujourd'hui périclite ;
C'est que sa vigne est morte et que, de temps en temps,
Un de ses fils pâlit, et se voûte et s'alite,
Puis meurt de la phtisie à l'âge de vingt ans ;


C'est que les revenus tous les ans s'amoindrissent,
Que le papier timbré grêle sur la maison ;
Et que c'est maintenant pour d'autres que mûrissent
Les blés qu'il voit trembler d'ici sur l'horizon.


Oui, les huissiers hier sont revenus encore :
Ils ont saisi les foins, les seigles d'or mouvant ;
Ils les feront faucher dès demain, à l'aurore,
Et le fermier verra cela — s'il est vivant !

Eh quoi! Ses blés chéris aux étrangers en proie!
Ses sueurs de l'automne et ses peurs de l'hiver,
Et, depuis les beaux jours, son orgueil et sa joie,
Ces blés roux comme l'or et lourds comme le fer;


Ces blés que, jour à jour et comme par prodige,
Il a vus naître, croître, et fleurir et jaunir,
S'étoiler de bleuets, puis pencher sur leur tige
L'épi mûr qu'à genoux l'homme devrait bénir;


Ces blés faits de son sang et du sang de sa race,
Et du sang de la terre où dorment les aïeux,
Porteraient au grenier d'un créancier vorace
Ce qu'ils tiennent de l'homme et du sol et des cieux!


A cette horrible idée, il s'agite dans l'ombre
De la profonde alcôve où ses pères sont morts,
Et qui tremble sous lui comme un vaisseau qui sombre,
Prêt à jeter sa charge humaine à d'autres bords.

Puis la nuit vient avec ses terreurs et ses fièvres,
Avec son grand silence irritant la douleur,
Et les mots insensés qui se pressent aux lèvres,
— Abeilles de la mort dont la bouche est la fleur.


Et dans sa gaîne en bois pendue à la muraille
Le balancier va, vient, mesurant et comptant
Les heures, que parfois dans un bruit de ferraille
Le vieux timbre fêlé proclame en chevrotant...


*
* *


Brusquement le coq chante et le fermier se dresse,
Hagard, comme écoutant des bruits par les chemins,
Sans voir sa femme en pleurs qui dans ses bras le presse,
Ni ses plus jeunes fils qui lui baisent les mains.

« Çà ! dit-il tout à coup, qu'on ouvre la fenêtre !
Nos seigles et nos prés sont mûrs assurément ;
Enfants, le ciel blanchit, le jour va bientôt naître,
Et les faucheurs seront ici dans un moment... »


Et de ses yeux qu'emplit déjà l'aube éternelle,
Sur les sommets, encor dans la brume assoupis
Où l'alouette va bientôt ouvrir son aile,
Il regarde ses prés et ses champs blonds d'épis.


Un instant lui suffit pour revivre sa vie :
Il se revoit berger debout sur le coteau,
La joue en fleur, les yeux brillants, l'âme ravie,
Malgré l'hiver qui souffle aux trous de son manteau ;


Puis laboureur tenant à deux poings la charrue
Et pétrissant le sol de ses sabots trop lourds,
Se piquant aux ajoncs de la lande bourrue,
Brûlé, transi, trempé, — pourtant chantant toujours ;

Puis nouveau marié revenant de l'église
Par les blés déja hauts qu'il frôle de la main,
Avec son épousée au bras, la fière Lise,
Que les fleurs des pommiers jalousent en chemin ;


Puis père malheureux menant au cimetière,
Par un pâle soleil d'automne, un fils chéri,
Et refoulant avec effort sous sa paupière
Les premiers pleurs filtrant de son grand cœur meurtri ;


Puis enfin descendant un soir de la colline
En froissant dans ses doigts un lourd papier timbré
Qu'on vient de lui porter de la ville voisine,
Et qu'avec peine son cadet a déchiffré...


Mais soudain le soleil surgit au front des hêtres,
Emplissant le vallon de chants et de rumeurs.
« Les faucheurs ! les huissiers ! fermez porte et fenêtres !
Ah ! bourreaux ! attendez demain... puisque je meurs ! »

Les faucheurs, en effet, dressent leurs silhouettes
Sur le ciel rose et pur, et l'on entend dans l'air
Les perdrix rappeler, triller les alouettes,
Et tinter le marteau sur l'acier au son clair.


Mais avant qu'une fleur tombe sur la prairie,
Avant qu'un épi tremble au choc du fer luisant,
Dans la ferme, là-bas, l'on sanglote et l'on prie,
— Car la mort a fauché le pauvre paysan.

# Terre de France

Oui, partout elle est bonne et partout elle est belle,
Notre terre de France aux mille aspects divers !
Belle sur les sommets où trônent les hivers,
Et dans la lande fauve à l'araire rebelle ;
Belle au bord des flots bleus, belle au fond des bois verts !

Belle et bonne aux coteaux où la vigne s'accroche,
Et dans la plaine grasse où moutonnent les blés ;
Bonne dans les pâtis où les bœufs rassemblés
Mugissent ; bonne encore aux fentes de la roche
Où les oliviers gris aux figuiers sont mêlés !

Au front des pics neigeux où l'aigle pend son aire,
Et dont le soleil fait des tours de diamant,
Dans le glacier d'où sort le gave en écumant,
Et d'où parfois, avec un fracas de tonnerre,
L'avalanche bondit sur nos champs de froment;

Belle et bonne toujours, à la fois forte et douce,
Notre terre se dresse en granit menaçant,
Tourne vers l'étranger son plus âpre versant,
Et nous déroule l'autre en gradins, sans secousse,
Comme un tapis moelleux qui d'un palais descend.

Et là-bas, tout au bout du morne promontoire
D'où s'élèvent, le soir, les cris et les sanglots
Des mères et des sœurs pleurant nos matelots,
Notre terre est superbe en sa double victoire
De ses feux sur la nuit, de ses rocs sur les flots!

Elle est belle surtout au pays d'où nous sommes,
Provençaux ou Lorrains, Rouergats ou Bretons,
Au pays qu'en nos cœurs partout nous emportons,
Dont nous gardons l'accent, dont nous vantons les hommes,
Et que, depuis Brizeux, à Paris nous chantons!

Elle est douce au vallon où joua notre enfance
Et dont l'esprit toujours reprend l'étroit chemin ;
Douce où l'on nous connaît, où l'on nous tend la main,
Douce où dorment nos morts, douce où l'on a d'avance
Marqué la place où l'on ira dormir demain !...

Mais plus belle et plus douce à notre âme meurtrie
Est la terre d'Alsace arrachée à nos flancs,
La terre où sont tombés nos cuirassiers sanglants,
Et d'où leur ombre encore éperdument nous crie :
« Frères, comme à venir vers nous vous êtes lents ! »

La terre qu'il faudra reprendre par l'épée,
Quitte à donner nos fils les plus forts, les plus beaux,
— Mères, vous le savez ! — en pâture aux corbeaux,
Mais qui, plus belle encor de notre sang trempée,
Verra se soulever les morts de leurs tombeaux

Pour regarder venir, au sommet des collines,
Nos drapeaux bien-aimés qui claqueront au vent,
Pour ouïr nos clairons sonner en les suivant,
Tandis que sous le ciel, en notes cristallines,
Ses clochers chanteront dans le soleil levant !...

*<br>
* *

Terre de France, terre entre toutes féconde,
Dont on a pu blesser mais non tarir le sein,
Ruche d'où part vibrant le glorieux essaim
Que depuis trois mille ans Dieu mène par le monde
A l'accomplissement de quelque grand dessein ;

Terre où le soc demain peut se changer en glaive,
Et le canon bondir en écrasant des fleurs,
Mère d'un peuple fier que trempent les douleurs,
Qui trop souvent faiblit, mais toujours se relève,
Plus grand au lendemain de ses plus grands malheurs ;

Terre de laboureurs, d'apôtres, de poètes
Qui font beau ton passé, triste et doux ton présent ;
Terre d'où l'Idéal reprend son vol puissant
Et monte dans le ciel avec tes alouettes
Dès que l'aigle a cessé de réclamer du sang ;

Pardonne à l'un de ceux que tes beautés enchantent,
Qui t'aime dans tes monts, tes plaines et tes bois,
Tes douleurs d'aujourd'hui, tes gloires d'autrefois,
De te chanter, un peu comme nos pâtres chantent,
Avec beaucoup de cœur, sans art, à pleine voix.

# La Mort de la Fermière

Oh ! je vois tout d'ici, frère, à travers ta lettre :
Notre moulin muet, l'étang glacé, les bois
Blancs de givre et de neige et craquant sous le poids,
Et les moineaux plaintifs assiégeant la fenêtre ;


Et vous tous entourant le lit où, sans effort,
— Calme et les bras croisés sur sa poitrine frêle
D'où l'âme va s'enfuir et déjà bat de l'aile, —
Notre mère se meurt de l'air dont on s'endort.

Un cierge éclaire tout de lueurs vacillantes,
Et chacun pleure, — hors la martyre au grand cœur,
Dont l'esprit affranchi du corps plane en vainqueur,
Et dont l'œil entrevoit des clartés consolantes...


Un grand chien blanc soupire, accroupi dans un coin,
Comme s'il entendait venir la mort furtive ;
Et l'horloge de bois, sentinelle attentive,
Mesure les instants et les compte avec soin.

●

Et ma mère vous dit les dernières paroles,
Celles qu'on garde en soi comme on garde un trésor,
Et que la majesté farouche de la mort
Rend sublimes aux cœurs même les plus frivoles.


Puis tout se tait. Le drap immobile est moins blanc
Que la face amaigrie et que les mains fluettes ;
Un sourire s'épand sur les lèvres muettes ;
Elle paraît dormir sous le cierge tremblant...

*
* *

A présent on entend les cloches désolées
Couper à temps égaux le silence des airs,
Et porter jusqu'au fond des mas les plus déserts
Leurs plaintes, à la voix de la bise mêlées.

Sous le vaste hangar où, jadis, nuit et jour,
La scierie à grand bruit débitait troncs et branches,
Notre père et notre oncle assemblent quatre planches
Pour en faire la couche où l'on dort sans retour.

Ils sont tous deux à bout de courage et de force,
Les rudes bûcherons qui domptaient autrefois
Les chênes ; et leurs pleurs mouillent le cœur du bois
Dont leur sueur baigna jadis la rude écorce...

Un rouge-gorge accourt au bruit, s'arrête au seuil.
Frileux, faisant bouffer son joli poitrail rose,
— Surpris que la maison paraisse si morose,
Et de ne plus te voir, mère, lui faire accueil.


Et là-bas, dans le fond des étables obscures,
Les bêtes, devinant quelque horrible malheur,
L'œil tourné vers la porte, expriment leur douleur
Par des mugissements, des cris et des murmures.


Par le chemin creusé dans les flancs du coteau,
Sous les pommiers et sous les houx chargés de neige,
Monte vers le village un funèbre cortège
De pauvres paysans couverts du grand manteau ;

Du grand manteau vert sombre, à la lugubre histoire,
Que les pères aux fils transmettent soixante ans,
— Héritage de deuil qu'il faut de temps en temps
Exhumer tout poudreux de la nuit de l'armoire.


Les femmes ont voulu, sur un double écheveau,
Porter l'étroit cercueil que leur marche balance,
Comme si, pour entrer dans l'éternel silence,
Il était doux d'avoir le rythme du berceau.


*
*     *


L'église où soixante ans s'épancha sa belle âme
Lui rouvre son portail pour la dernière fois,
Et le grand Christ jauni qui saigne sur sa croix
Semble d'un doux sourire accueillir l'humble femme.

Voilà, près du cercueil, le banc qui fut le sien ;
Dimanche, à cette place elle priait encore ;
Et le reflet d'un cierge obliquement colore
Le dos en cuir poli de son vieux paroissien...


Le jour tombe, et la nuit emplit l'étroite église,
Et les psaumes des morts, en versets alternés,
Glissent sur tous ces fronts dans l'ombre prosternés,
Comme au loin sur les bois chenus passe la bise.


Chants terribles, coupés de maint gémissement,
Où l'épouvante éclate en un rythme barbare,
Et dans lesquels on croit entendre la fanfare
Qui citera les morts au dernier jugement !...

* *
*

On entre au cimetière, — hélas! dernière étape! —
Les tertres, que l'été faisait fleuris et verts,
Moutonnent vaguement par la neige couverts;
Seul un grand trou profond perce la blanche nappe.


Un trou noir et béant qui, rouge sur le bord,
Semble une horrible plaie au sein pur de la terre,
Et par où nous rentrons dans l'éternel mystère,
— Grains jetés au sillon par la main de la Mort!


Et le cercueil descend dans la fosse glacée;
La terre avec lenteur retombe des talus...
Ma pauvre mère, hélas! je ne te verrai plus!
Plus jamais! — si ce n'est au fond de ma pensée...

Vous tous qu'elle aimait tant, éclatez en sanglots !
Sonne ton dernier glas, ô cloche désolée !
Et toi, neige, descends du ciel, descends à flots,
Mets sur ce tertre noir ta robe immaculée !


Tombe, tombe toujours ! et du même manteau
Qui préserve du froid les semences fécondes
Pour que le pré fleurisse, et que les gerbes blondes
Se pressent, en juillet, aux pentes du coteau,


Couvre l'humble dépouille à nos baisers ravie,
Ces flancs, ce sein, ces yeux, cette bouche adorés :
Mieux que l'épi des champs, mieux que la fleur des prés,
Celle que nous pleurons ailleurs reprendra vie !

# Voix éteinte

Elle perdit d'abord et par degrés sa voix
Qu'elle avait chaude et grave; emue et pénétrante
Comme la voix du loriot au fond des bois...
En l'écoutant chanter pour ses amis, parfois,
Même quand nul encor ne la savait souffrante,
Je me sentis le cœur traverse du soupçon
Qu'elle leur donnait trop de son âme vibrante,
Que son air s'achevait en un furtif frisson,
Et que le luth un jour plierait sous la chanson.

Et soudain, confirmant et dépassant mes craintes,
Un mal lâche et sournois la saisit au gosier,
        Comme pour empêcher ses plaintes,
        Et l'étouffa sous ses étreintes
Tel un serpent un rossignol dans un rosier...


Oh! quinze mois entiers l'angoissante torture
D'entendre s'enrouer, tousser, tousser encor,
Tousser d'une toux rauque et suffocante et dure
La gorge d'où longtemps avaient pris leur essor
        Tant de beaux chants à l'aile d'or !
Chaque matin sentir plus sourde sa parole,
Et ses efforts plus grands, plus vains, plus anxieux
Pour l'appel qui supplie ou le mot qui console
        La pauvre mère qui s'affole...
Puis ne plus rien entendre d'Elle — que ses yeux !


La douce enfant, si bien douée et si peu fière
De tous ses autres dons, aimait pourtant celui
        Par qui son âme tout entière
        S'unissait à l'âme d'autrui :
Elle pleurait sa voix d'amour et de lumière,

Sans se douter encor que la Mort la voulait
Toute, et qu'avec sa voix son âme s'en allait...

O chère voix qui ne vis plus qu'en notre oreille ;
Voix qui faisais jadis notre maison pareille
A la ruche joyeuse et vibrante sans fin ;
Voix tendre et si prenante, archet vraiment divin
Qui passais sur les cœurs, et jamais, ô merveille,
          Ne les sollicitais en vain ;

Maintenant que dans l'air tu t'es évanouie,
Perdue, — ou bien plutôt, puisque rien ne se perd,
Très loin, très loin de nous à tout jamais enfuie,
Sans doute entrée au vaste et sublime concert
Où pour l'éternité Dieu fait ses symphonies
Avec toutes nos voix dans son amour unies,
— Ma voix de vieux poète aux destins révolus
Gémira sur le tien, mais ne chantera plus.

# Le Laboureur soldat

Laboureur ! — Il n'était, ne voulut jamais être
Que laboureur ; — un beau laboureur, lent et doux
Et fort comme ses bœufs, qui l'aimaient entre tous
Leurs bouviers, et venaient très docilement mettre,
Dès son premier appel, leurs cornes et leurs cous
        Sous le dur joug en bois de hêtre...


A vingt ans il dut les quitter, étant conscrit ;
Mais, libéré, vers eux il revint à la hâte,
Et, dès le lendemain de son retour, reprit
Avec eux le labeur qui soulève, pétrit
Et repétrit le sol comme une bonne pâte
        Dont le blé futur se nourrit...

Un soir qu'il leur chantait le vieil air sans paroles
Qu'ils comprennent fort bien et qui rythme leurs pas,
Et qui les fait marcher encor quand ils sont las,
Au petit clocher bleu soudain les cloches folles
S'agitèrent dans un furieux branle-bas...
        Surpris, il s'arrête : Est-ce un glas?


Non. — Le gai carillon des veilles de dimanche?
Non plus. — Quelque incendie? Ah! certes! Et partout
Des gens courent : « La guerre!... on mobilise! » Au bout
Du sillon brun, le laboureur lâche le manche,
Dételle : « Adieu, mes bœufs! » Il part, et le trois août
        Il labourait pour la Revanche.


Il porta le fusil et le sac vaillamment,
Mais sans fanfaronnade et sans emballement,
Se battit à Namur, fut blessé, guérit vite,
Fut blessé de nouveau...., puis, comme nul n'évite
Sa destinée, alla périr obscurément
        Dans cette presqu'île maudite

Où sur un sol ingrat sans verdure et sans eaux,
Sous la soif et la faim, les obus et les balles,
Tant de pauvres enfants, des meilleurs, des plus beaux,
— Ainsi qu'au grand soleil des épis sous la faux, —
Si follement, si loin des campagnes natales,
    Tombèrent dans de vains assauts...


Mon laboureur qui tant aimait son coin de terre,
Ses genêts, ses prés verts et ses coteaux herbeux,
Et la source où, le soir, il abreuvait ses bœufs,
Et sa ferme, et peut-être, avec crainte et mystère
D'un amour patient qu'il devait encor taire,
    La fille d'un maître ombrageux ;


Le voyez-vous mourir longuement sur le sable,
Là-bas, dans un pays atroce de païens,
Les yeux martyrisés par l'azur implacable,
Sans un regard ami de son ciel ni des siens,
Sans que nul sur sa lèvre, à l'instant redoutable,
    Mit le signe aimé des chrétiens !...

Pauvre petit soldat, ta mort, dont on ignore
L'heure et le lieu, ne t'aura point valu la croix ;
Que dis-je ! tu n'as pas même celle de bois
Sur ta tombe perdue et que rien ne décore,
Ni les ordres du jour flatteurs qui font encore
    Qu'on parle de vous quelquefois.

Puisse le Dieu que tu servais et qui dénombre
Exactement les morts et sait où sont leurs os,
Sur le tertre où tu dors mettre au moins un peu d'ombre
Et, quand vient la saison où migrent nos oiseaux,
Faire gémir sur toi les ramiers du bois sombre
    Qui couvrit nos communs berceaux ;

Et puisse-t-il donner à ceux-là qui te pleurent,
Mais qui ne doutent pas de l'éternel revoir,
La résignation, sœur tendre de l'espoir,
Et leur persuader que les jeunes qui meurent
En faisant comme toi simplement leur devoir
Doublent l'ange veillant sur les vieux qui demeurent !

# Paysanne de Guerre

Héroïque, elle aussi, de cœur haut, de bras ferme,
La veuve paysanne à qui, depuis vingt mois,
Incombent les labours, les marchés, les charrois
Et le gouvernement tout entier de la ferme.


Au début on lui prend soudain ses trois garçons
(Et deux sont morts déjà), son valet de charrue
Et son berger... Sa fille, un instant accourue,
Lui laisse ses marmots, et repart sans façons...

Et plus un journalier valide en la contrée ;
Un chemineau douteux pour garder le troupeau.
Mais la veuve n'a point plié sous le fardeau,
Car plus la tâche est rude et plus elle est sacrée.


Repas des gens, repas des bêtes, basse-cour,
La traite des brebis, une heure avant l'aurore,
Le lavoir, les oisons qui vont bientôt éclore,
Et, pour se délasser, semailles et labour.


Car elle guide aussi la charrue et la herse,
Ses pieds dans des sabots et ses jupes au vent,
A travers les guérets, — les corbeaux la suivant
Dont le cri de malheur par instant la transperce...


Il faut porter le lait au village lointain,
Faire aiguiser le soc et la pioche a la forge,
Aller moudre au moulin perdu dans quelque gorge,
Mettre le bois au four et la pâte au petrin.

*
* *

Elle rentre le soir, à la ferme en détresse
Où tout l'attend, où tout l'appelle, où tout a faim,
Les bêtes de provende, et les marmots de pain ;
Tous, d'une voix connue et d'une âme maîtresse.


Jette du grain, fermière ! emplis les râteliers ;
Rends à l'agneau plaintif sa brebis implorante ;
Verse à tes petits-fils la marmite odorante ;
Prie ensuite avec eux pour tes morts familiers :


Pour ton mari, parti le premier, avant l'heure,
Pour ceux de tes enfants soldats déjà fauchés,
Sans qu'on puisse savoir où leurs corps sont couchés,
Et pour d'autres encor, qu'aux alentours on pleure ;

Et pour que Dieu conserve à tes ans un appui,
Qu'il sauve des périls et bientôt te ramène
Ton dernier-né, dernier espoir de ce domaine
Qui demain tomberait en quenouille sans lui...

* * *

Puis, quand tous dormiront, marmots, vacher, servante,
Toi, veille encor, reprise ou ravaude des bas ;
Réponds a ton petit qui se morfond la-bas,
Dans la neige et la boue, la nuit et l'épouvante.

Pleure enfin dans ton lit, jusqu'à ce que tes yeux
Sentent par le sommeil tarir leur squrce amère,
Et goûte dans un songe un repos éphémère
Qu'abrégera le coq d'un clairon furieux.

Car déjà demain luit aux vitres de la ferme :
Debout, fermière ! et lutte ainsi jusqu'à la fin,
Contre le deuil, l'absence, et la terre et la faim,
Dans un combat dont nul ne peut prévoir le terme ;


Lutte pour conserver les bois, les champs, les prés,
Le nom et le renom de la maison ancienne
Qui te prit jeune femme, un soir, et te fit sienne,
T'enchaînant à jamais par des liens sacrés !...


*
*  *


Plus grande que ne fut, certes, la veuve antique,
Plus que les Pénélope en secret ourdissant
Leur vaine toile pour se garder à l'absent,
Nous devons t'admirer, Providence rustique !

Aussi, quand nous aurons chassé l'envahisseur
Et que nous fêterons la sainte délivrance,
Je voudrais qu'on te mît, toi, mère, ou veuve, ou sœur,
Au milieu des héros, à la place d'honneur,

Gardienne du sol, Paysanne de France !

# Terre sainte

Lorsque tu reviendras, mon petit, de là-haut,
— Et je crois, malgré tout, que ton retour est proche, —
Si tu n'es cul-de-jatte, aveugle ni manchot,
Et si tu comprends bien que tu dois au plus tôt
Raccrocher ton fusil et reprendre ta pioche,

Rapporte dans ton sac ou ta musette, au lieu
De quelques vains éclats de ferraille rouillée,
Un peu de cette terre héroïque et souillée,
Cuite et recuite dans le sang et dans le feu,
Et gardant la vertu de ceux qui l'ont foulée.

Ramasse-la pieusement, à deux genoux,
Ainsi qu'un pèlerin aux pentes du Calvaire,
De préférence sur tel tertre solitaire
Où la petite croix d'aubépine ou de houx
Marque la place où dort un soldat de chez nous.

Serre bien ton trésor, ne le perds pas en route,
N'en parle point aux sots qui pourraient t'en railler ;
Plus que jamais fais de ton sac ton oreiller ;
L'âme du mort tout bas te parlera sans doute
Et le mort fut toujours le meilleur conseiller !

En rentrant fais deux parts de la sainte poussière :
Sèmes-en une, un soir, sur les tombes de ceux
Qui dorment dans un coin de l'étroit cimetière,
Morts, hélas ! de savoir leurs enfants morts loin d'eux.
A ce contact, leurs os frémiront dans leur bière.

Le lendemain, à l'heure où le soleil levant
Fait chanter l'alouette et crier la charrue,
Va revoir l'humble clos dont la pluie et le vent
Ont fait en ton absence une friche bourrue,
Mais que tes soins rendront plus fertile qu'avant.

Dans le premier sillon ouvert par ton araire,
A l'endroit où l'on plante, en mai, près du sentier
Une fragile croix en bois de noisetier,
Mêle pieusement au sol héréditaire,
Comme un levain qui le fera fructifier,

Le reste de la Terre en ton sac rapportée
Des coteaux consacrés qu'on appelle le Front.
Là-haut nos soldats morts sans fin reposeront,
Mais leur cendre par toi sur leur glèbe jetée
Gonflera les épis que leurs fils faucheront.

# TABLE

—

Impr. A. Lemerre, 6, rue des Bergers, Paris.